WEGGEVOERD

Een Krinar-verhaal

ANNA ZAIRES

♠ Mozaika Publications ♠

Uitgegeven door Mozaika Publications, onderdeel van Mozaika LLC.
www.mozaikallc.com

Coverontwerp: Najla Qamber Designs
www.najlaqamberdesigns.com

Vertaling: Parel Blokken

e-ISBN: 978-1-63142-597-4
Print ISBN: 978-1-63142-598-1

HOOFDSTUK EEN

Griekenland, drie eeuwen voor Christus, 2293 jaar voor de Krinar-invasie

Met bonzend hart zag Delia de naakte god uit de zee oprijzen. Waterdruppels glinsterden op zijn gebronsde huid en zijn krachtige spieren kwamen in beweging terwijl hij naar het strand toe liep, onaangedaan door de grote golven die op hem inbeukten. Het was net alsof de storm hem niets deed – alsof hij de zee beheerste.

Was hij Poseidon? Delia had nooit gedacht dat de goden van vlees en bloed waren, zoals in de mythen, maar deze vreemdeling kon geen gewone sterveling zijn. Er woedde een vreselijke storm en de wind huilde om haar schuilplaats in de rotsen, maar hij werd zelfs door de grootste golven niet uit balans gebracht. Hij negeerde het tumult van de dodelijke branding en liep naar het droge stuk strand vlak onder haar. Daar bleef hij stilstaan om het zwarte haar dat tegen zijn natte voorhoofd geplakt zat naar achteren te strijken.

Toen hij dat deed, gooide hij zijn hoofd iets

achterover en kon Delia zijn gezicht zien. Haar adem stokte in haar keel en als ze nog enigszins getwijfeld had aan zijn afkomst, dan was ze er nu zeker van.

De vreemdeling was onmenselijk mooi. Hoewel de lucht deze ochtend donker kleurde, kon ze de perfecte symmetrie van zijn gelaatstrekken zien. Hij had een sterke kaaklijn, zijn lippen waren sensueel gevormd en zijn hoge jukbeenderen getuigden van zijn statuur. Het was alsof een begiftigd beeldhouwer zijn gezicht had gevormd en daarbij geen enkele ruimte had gelaten voor imperfecties.

Vergeleken bij deze man, met zijn diepe, donkere ogen, strakke zwarte wenkbrauwen en breedgeschouderde krijgersbouw, leken zelfs de knapste mannen van Delia's dorp misvormd.

De donder scheurde door de lucht en Delia maakte van schrik een sprongetje in haar kleine, krappe grot. De man bleef echter doodkalm. Hij keek eerder met belangstelling naar de woeste zee dan met bezorgdheid. Delia volgde zijn blik en zag ergens ver weg in het water een glinsterend zilveren object.

Een schip? Meerdere schepen misschien? Het was groot genoeg – misschien zelfs te groot, als ze het zo ver weg zo goed kon zien. Kwam die goddelijke man uit dat mysterieuze zilveren ding?

De donder rolde weer door de atmosfeer en met een bliksemschicht opende de hemel zich, waarna de regen met kracht uit de lucht kletterde. Delia trok zich nog verder terug in haar nauwe grot, maar die was te klein om helemaal in te kunnen schuilen. Er vielen koude druppels op haar huid. Beneden haar ging de zee steeds heviger tekeer. De golven werden met de seconde hoger en ze vocht tegen de drang om naar de vreemdeling te schreeuwen dat hij zichzelf in veiligheid moest brengen. Ze zag de dreiging van het water verderop; de golven zouden huizenhoog zijn tegen de tijd dat ze de kust bereikten, en het smalle strookje land waarop de man stond zou worden verzwolgen door de zee.

Nu pas drong tot haar door, met toenemende angst, dat haar minuscule grot bovenaan de klif misschien ook niet veilig zou zijn. Toen ze hier een uur geleden haar toevlucht had gezocht, had ze er niet op gerekend dat de storm zó gewelddadig zou worden. Als de golven die op de kust af kwamen echt zo hoog waren als ze vreesde, konden ze weleens over deze klif heen slaan. Ze had nog nooit meegemaakt dat de zee zo hoog kwam, maar de oude vissers hadden haar er verhalen over verteld, en ze kon niet zitten afwachten of die verhalen klopten.

Delia nam een beslissing en kroop uit de grot. Ze kwam uit op een rotsachtig plateau eronder. Meteen werd haar jurk doorweekt door de regen, en de wind blies haar bijna van het plateau af.

Ze hapte naar adem en draaide zich om. Vechtend tegen de wind begon ze te klimmen, vastberaden om weg te komen van de woeste zee. Ze wist dat de vreemdeling ergens beneden haar was, maar ze durfde niet omlaag te kijken. De regen was verblindend. Zelfs terwijl er om de paar seconden een bliksemschicht door de lucht ging, kon ze niet verder zien dan een armlengte voor zich. Haar voeten bleven maar wegglijden op de natte rotsen en haar natte jurk kleefde en draaide zich om haar benen terwijl ze met toenemende wanhoop naar boven klom.

Nog een heel klein stukje, zei ze tegen zichzelf. Eén keer uitstrekken, één keer opduwen, en ze zou boven zijn, op de vaste grond. Nu de bliksem overal om haar heen insloeg, was het niet bepaald veilig – ze was niet voor niets in die grot gekropen – maar ze was hier op dit moment veiliger dan bij het water. Ze kneep haar ogen dicht tegen de regen en stak haar handen omhoog om zich op te trekken, maar in plaats van koude rotsen voelde ze iets warms – iets wat haar met ongelofelijk veel kracht vastpakte.

Een mannenhand.

Delia hapte opnieuw naar adem en deed haar ogen wijder open, en door het waas van de striemende regen zag ze de vreemde van het strand naar haar kijken.

De god was op de een of andere manier naar boven gekomen en hield nu haar hand vast.

HOOFDSTUK TWEE

Het menselijke meisje leek zo geschokt toen ze Arus boven haar uit zag torenen dat ze bevroor en even niet verder klom. Beneden haar beukte een gigantische golf tegen de klif, waardoor ze allebei zoutwaterdruppeltjes op zich kregen. Erachteraan kwam een nog hogere golf, dus Arus bukte zich en pakte haar andere arm beet met zijn vrije hand.

'Het water zal tot hier komen,' legde hij uit in haar taal, en hij trok haar omhoog terwijl hij overeind ging staan. De golf was nog steeds aan het groeien, dus hij hief haar in zijn armen en liep een paar meter achteruit, met haar veilig tegen zijn borst gedrukt. Een moment later raakte een golf de top van de klif en sloeg eroverheen. Het water likte langs zijn enkels voor het zich terugtrok naar de zee. Als het meisje nog altijd over de rand van de klif had gehangen, dan zou ze zijn meegesleurd en had ze wel kunnen verdrinken. Arus wist niet zeker of dat gebeurd zou zijn, maar voor zover hij ervaring had met mensen, leek het hem goed mogelijk.

Hoeveel ze uiterlijk ook op de Krinar leken, mensen waren zwak en onhandig, niet toegerust om om te gaan met zelfs maar de meest basale uitdagingen die hun planeet ze voorschotelde.

Het meisje begon te worstelen en Arus besefte dat hij haar nog altijd tegen zijn borst gedrukt hield. Hij maakte zijn grip wat losser zodat ze kon ademhalen, maar zette haar niet neer. In plaats daarvan bekeek hij haar aandachtig. Hij zag haar grote, bruine ogen en haar zachte, olijfkleurige huid. Ze was jong; hij schatte dat ze bijna twintig was of begin twintig. Met haar donkere haar en slanke bouw kon ze haast doorgaan voor een Krinar-vrouw – alleen waren haar trekken te onregelmatig om in een lab ontworpen te kunnen zijn. Haar gezicht was hartvormig, haar voorhoofd iets te breed en haar mond te smal om écht mooi te zijn. Toch was ze aantrekkelijk, op een unieke manier.

Aantrekkelijk genoeg om zijn pik tot leven te wekken, die zich niets aantrok van de koude regen die uit de lucht viel.

Alsof ze kon raden waar zijn gedachten heen gingen, begon het meisje nog harder te vechten om los te komen. 'Alsjeblieft, laat me gaan.' In haar stem klonk angst door en haar kleine handen duwden tegen zijn borst; haar handpalmen gleden over zijn natte huid.

Tot zijn schrik voelde Arus een warme tinteling

over zijn ruggengraat gaan toen ze hem aanraakte en versnelde zijn ademhaling.

Hij raakte opgewonden van een doorweekt, doodsbang mensenmeisje.

Voor hij kon besluiten wat hij daarmee moest, zag hij nog een golf over de klif komen. De storm was nog lang niet over zijn hoogtepunt heen en zijn eerste zorg was dus om het meisje in veiligheid te brengen.

'We moeten maken dat we wegkomen van dit strand,' zei hij, en hij draaide zich weg van de zee. Ze bleef tegen hem vechten, maar hij negeerde dat en hield haar stevig vast terwijl hij naar de heuvels in de verte liep. Hij wist dat er naar het westen een dorp lag – waarschijnlijk haar dorp – dus hij liep naar het oosten, waar de kans minder groot was dat hij mensen zou tegenkomen.

Het was de bedoeling dat hij de bewoners van de aarde bestudeerde, niet dat hij zich onder hen mengde.

Toch had Arus geen spijt dat hij het meisje gered had. Hoe meer hij erover nadacht, hoe meer hij ervan overtuigd raakte dat ze in haar eentje zou zijn verdronken. En dat zou jammer zijn geweest, want het voelde aangenaam om haar vast te houden.

Zo aangenaam zelfs dat hij het niet kon helpen dat hij dacht aan hoe het zou voelen als ze onder hem lag, zijn pik diep in haar vochtige, warme lijf.

'Waar breng je me naartoe?' Ze klonk nu in paniek. 'Alsjeblieft, ik moet naar huis.'

'Geen zorgen. Ik zal je niets aandoen.' Arus keek naar zijn gevangene. Haar snelle hartslag was zichtbaar in haar keel, en zijn opwinding nam toe toen hij dacht aan de koperachtige smaak van haar bloed op zijn tong. Hij had weleens eerder mensenbloed gedronken, en dat was een geweldige ervaring geweest. Hij had het gevoel dat het met dit meisje nog beter zou zijn.

Het leek erop dat zijn besluit al vaststond.

'Waar neem je me mee naartoe?' vroeg ze weer, met trillende stem. Ze leek niet bepaald gerustgesteld door Arus' sussende woorden.

'Ik neem je mee naar een warme en veilig plek.' Dat zou ze wel moeten waarderen. Hij voelde haar bibberen; het vod dat haar jurk moest voorstellen was doorweekt en ze moest het wel koud hebben. 'Je moet niet buiten zijn in zo'n storm,' voegde hij eraan toe toen een bliksemschicht voor de derde keer in drie seconden de lucht doorkliefde.

'Het komt wel goed met mij.' Ze duwde weer tegen zijn borst en probeerde uit zijn greep te ontsnappen. 'Alsjeblieft, zet me neer.'

Arus zuchtte en versnelde zijn pas, waarbij hij haar tegenwerking simpelweg negeerde. Zodra hij had gezorgd dat ze warm en droog was, zou hij haar wel gaan kalmeren.

Hij wilde niet dat ze zo bang was zodra hij haar meenam naar zijn bed.

HOOFDSTUK DRIE

*D*elia was nog nooit zo bang geweest. De god – ze wist nu zeker dat hij een god was – droeg haar zonder enig spoor van vermoeidheid. Zijn armen waren als ijzeren banden om haar rug en knieën. Regen noch wind leek hem te vertragen; hij hield haar tegen zijn borst terwijl hij sneller liep dan een sterveling zou kunnen.

'Alsjeblieft, zet me neer,' smeekte ze nog eens, en ze duwde tegen zijn brede borstkas. Het had geen zin; het was alsof ze een berg wilde verplaatsen. 'Alsjeblieft. Ik slacht een geit voor je als je me laat gaan.'

Dat leek zijn aandacht te trekken. 'Een geit?' Hij keek naar haar terwijl hij bleef lopen. 'Waarom zou ik dat willen?'

Delia's ademhaling haperde onder zijn intense blik. 'Omdat je een god bent?' Hoewel ze er zeker van was, klonk het vragend, en ze gaf zichzelf een standje omdat ze zo dommig klonk. 'Ik bedoel, omdat je een god bent en omdat je eerbied verdient,' zei ze, stelliger nu.

Zo, dat was beter. Hij zou vast en zeker een geit accepteren. Haar familie kon niet meer missen. Zelfs het offer van die ene geit zou al lastig zijn, want dan zouden ze niet genoeg kaas meer hebben als ruilmiddel.

Tot haar verbazing begon de vreemdeling te lachen. Het klonk diep en oprecht geamuseerd. 'Een god?' Zijn donkere ogen glommen toen een zoveelste bliksemschicht de hemel verlichtte. 'Je denkt dat ik een god ben?'

Delia knipperde de regen uit haar ogen. 'Niet dan?'

Hij lachte weer, het geluid vermengde zich met een rollende donder, en ze voelde dat hij zijn pas versnelde van lopen naar rennen. Hij bewoog zo snel dat de grond onder zijn voeten een waas werd. Delia begon zich misselijk te voelen, maar ze durfde niet haar ogen dicht te doen.

Ze moest zien waar hij haar mee naartoe nam.

Na een paar minuten realiseerde ze zich dat hij onderweg was naar de heuvels ten oosten van haar dorp. Er was daar een bos. Misschien wilde hij schuilen onder de bomen? Ze wist dat bomen gevaarlijk waren bij onweer, maar misschien gold dat voor hem niet.

Misschien was hij net zo onaantastbaar voor de furie van Zeus als voor de golven van de zee.

Wat was hij met haar van plan? Delia's maag draaide zich om, en ze wist dat dat net zozeer te maken had met haar eigen angst als met de bewegingssnelheid. De god had gezegd dat ze warm en veilig zou zijn, maar hij leidde haar weg van haar dorp – weg van haar familie en de mensen die haar zouden kunnen helpen. Delia's zussen maakten zich nu waarschijnlijk al zorgen. Eugenia, de oudste, had de donkerder wordende hemel vanmorgen gezien en haar gewaarschuwd niet op zoek te gaan naar mosselen, maar Delia was vastbesloten om extra eten te verzamelen voor hun avondeten. Met vijf dochters in hun gezin was het altijd een uitdaging om alle monden te voeden, en Delia hielp waar ze maar kon.

Nou ja, zoveel als ze kon zonder een huwelijk te sluiten met de smid, die achter haar aan zat sinds zijn vrouw een maand geleden was overleden.

'Je zou met Phanias in zee moeten gaan,' had Delia's moeder twee weken geleden tegen haar gezegd. 'Ik weet dat je hem niet mag, maar hij kan goed voor je zorgen.'

Hij was ook oud, dik en had zijn vorige vrouw geslagen, maar Delia had maar niet de moeite genomen om dat te zeggen. Haar moeder maalde niet om zulke kleinigheden. Haar enige zorg was dat er genoeg eten op tafel stond, en ze was ervan overtuigd dat Delia – de mooiste van haar volwassen dochters – de sleutel was om dat doel te bereiken. Delia had geprobeerd het onvermijdelijke uit te stellen, maar ze wist dat het slechts een kwestie van tijd was voor haar vader toegaf aan haar moeders smeekbede, en Delia zou dwingen om Phanias' aanbod te accepteren.

'Hier zijn we dan,' zei de god, waarmee ze uit haar

gedachten werd gerukt. Delia zag dat ze al in het bos waren. Onder een brede boom zette hij haar op de grond. 'We zijn nu wel ver genoeg van de storm.'

Hij hield haar nog altijd vast, zijn grote handen om haar middel, en Delia's ademhaling werd instabiel terwijl ze haar hoofd achterover kantelde om zijn donkere blik te vangen. Ze was een van de langste vrouwen in haar dorp, maar de vreemdeling was veel langer. Hoewel ze allebei stonden, kwam haar kruin slechts tot aan zijn kin. Zijn naakte lichaam was prachtig gespierd.

Tot haar verbazing bemerkte Delia dat ze niet alleen angst voelde. Ze voelde ook een sensatie in haar binnenste, een poel van vloeibare hitte die haar hartslag versnelde en haar op een vreemde manier liet schrijnen.

'Waarom heb je me hierheen gebracht?' Ze probeerde haar stem stabiel te houden terwijl ze weer tegen zijn borst duwde. Hij voelde hard onder haar vingers, zijn huid glad en warm. Zelfs door haar doorweekte jurk heen voelde ze de hitte die van zijn handen afstraalde toen hij haar vastpakte, en het onbekende, schrijnende gevoel in haar werd sterker. 'Wat wil je van me?'

Tot haar opluchting liet de god haar los en deed hij een stap achteruit. 'Op dit moment wil ik dat we allebei droog en warm worden.' Zijn stem klonk geknepen, alsof hij pijn had. Voordat Delia daar verder over kon denken, landde haar blik op zijn onderlichaam en stokte haar ademhaling.

De vreemdeling was volledig opgewonden. Zijn harde, massieve erectie drukte tegen zijn platte, gespierde buik.

Delia hapte naar adem en zette een stap achteruit, maar hij wendde zich al van haar af. Met één van zijn sterke armen voor zich uit zei hij iets in een vreemde taal, en ze zag dat hij een zilveren armband om zijn pols had. Ze deed haar mond open om ernaar te vragen, maar voor ze iets kon zeggen, hoorde ze een laag, zoemend geluid – het leek wel op het gezoem van duizenden kleine insecten.

Ze keek omhoog naar de boom, maar daar kwam het geluid niet vandaan. Het kwam van hem.

'Niet bang zijn,' zei hij, en hij draaide zich om haar weer aan te kijken. Haar ogen werden groot toen ze de lucht achter hem zag glanzen. Het glanzen werd met de seconde sterker, en toen zag ze een transparante bubbel achter hem opstijgen – het leek wel een grote champignon van water.

'Dit is een gereedschap, geen magie,' zei hij terwijl hij haar bleef aankijken, maar Delia wist dat dat niet waar kon zijn. Haar knieën begonnen te trillen en ze deed instinctief een paar passen achteruit, bang dat de bubbel haar zou opzuigen omdat hij maar bleef groeien. Ze raakte met haar rug de vochtige bast van de boom en draaide zich toen om om weg te rennen, weg van de god met zijn angstaanjagende krachten.

Voordat ze twee stappen had kunnen zetten, sloten zijn stalen vingers zich om haar arm en draaide hij haar om. 'Niet bang zijn,' herhaalde hij. Hij hield haar vast en ze zag dat de bubbel achter hem niet meer bewoog of groeide. Wel was die nu groter dan hij en breed genoeg om vijf mensen op te slokken.

'W-wat is dat?' Haar tanden klapperden en ze had geen idee of dat kwam door de shock of door de koude wind en regen. 'H-hoe heb je…'

'Sst, het is al goed. Laten we naar binnen gaan zodat je kunt opwarmen.' Hij sloeg een van zijn gespierde armen om haar schouders, trok haar tegen zich aan en leidde haar naar de magische bubbel. 'Het doet geen pijn.'

Delia probeerde zich te verzetten, maar het had geen zin. Ze kon tegen hem net zo weinig uitrichten als tegen een muistroom. Even later stond ze voor de waterachtige wand, waarvan een deel zich opende toen ze eraan kwamen om een doorgang te creëren.

Ze bevroor van pure angst, maar hij leidde haar er al doorheen. Zodra ze binnen waren, voelde ze dat er geen wind en regen meer waren.

In de bubbel die de god had gemaakt waren ze veilig.

HOOFDSTUK VIER

*H*et mensenmeisje beefde zo hevig dat Arus bang was dat ze zou flauwvallen. Hij vond het vreselijk om haar zo angst aan te jagen, maar hij wist niet hoe hij haar anders snel uit de storm kon krijgen. Haar huid voelde ijskoud terwijl hij haar tegen zich aan gedrukt hield en er bestond geen twijfel over dat ze zich vanbinnen ook zo koud voelde.

Koud en bang, voor technologie die ze onmogelijk kon begrijpen.

Hij verslapte zijn grip op haar en gaf haar de kans om zich los te maken. Het hield vast niet dat hij naakte en keihard was, dacht hij wrang. Hij had haar naar adem horen happen toen ze zijn erectie had gezien, en hij wist dat dit teken van zijn opwinding haar nog nerveuzer had gemaakt. Hij moest haar kalmeren, maar eerst moest hij zich ervan verzekeren dat haar gezondheid niet werd aangetast door deze storm.

Zijn computer zat om zijn linkerpols, dus Arus hief

zijn arm en zei: 'Stel de temperatuur in op een niveau dat aangenaam is voor de mens.'

Hij sprak in het Krinar, en hij zag het meisje wit wegtrekken toen de nanomachines weer aan het werk gingen om de luchtmoleculen om hen heen te versnellen om zo warmte te maken. Hij wilde dat hij haar kon uitleggen over krachtvelden en microgolven, maar haar mensen wisten zo weinig van natuurkunde dat het hem maanden zou kosten om haar zelfs maar de basis bij te brengen.

'Ik ga je geen pijn doen,' herhaalde hij in plaats daarvan, in haar taal. Ze zag er niet gerustgesteld uit. Haar ogen staarden hem aan, groot en paniekerig, en hij realiseerde zich dat er niets was wat hij kon zeggen om haar te kalmeren.

Dus dan moest hij het maar op een andere manier proberen.

Hij stapte naar haar toe, nam haar in zijn armen en ging op de grond zitten met haar op schoot. Ze verstijfde onmiddellijk en haar handen duwden weer tegen hem aan, maar hij hield haar zachtjes en niet-bedreigend vast, in de hoop dat ze rustig zou worden als ze doorhad dat hij echt geen kwaad in de zin had.

'Alles is in orde. Je hoeft niet bang te zijn,' zei hij zachtjes en hij streelde haar haar terwijl ze bleef proberen zich los te wurmen uit zijn grip. Doordat ze zo met haar kont over zijn schoot bewoog, werd hij nog meer opgewonden, en dat hielp niet echt. Gelukkig leek ze na een paar minuten moe te worden en verzette ze zich minder, waardoor hij haar wat comfortabeler tegen zich aan kon laten rusten.

'Ik ben Arus,' zei hij toen ze helemaal stilzat en naar hem opkeek, hoewel haar borst nog altijd op en neer ging van het snelle ademhalen. 'Hoe heet jij?'

'Ares?' Ze verstijfde en haar ogen werden weer groot. 'Ben je de god van de oorlog?'

'Nee. Arús, niet Arés.' Hij herhaalde zijn naam wat langzamer om het verschil goed te laten horen. 'Ik ben niet de god van de oorlog, dat verzeker ik je.'

Haar slanke keel bewoog omdat ze slikte. 'Wat voor god ben je dan wel?'

'Ik ben geen god,' zei Arus geduldig. 'Ik ben een bezoeker van ver weg. Waar ik vandaan kom, kan iedereen wat ik kan.'

Ze staarde hem aan en Arus wist dat ze hem niet geloofde. Hij besloot geen energie te verspillen aan proberen haar te overtuigen en vroeg gewoon nog eens: 'Hoe heet jij?'

Het meisje likte nerveus langs haar lippen. 'Delia.'

'Delia.' Mooi, ze boekten vooruitgang. 'Woon je hier in de buurt, Delia?'

Ze knikte, nog altijd argwanend. 'Mijn dorp ligt in het westen.'

'Ja, dat dacht ik al,' zei Arus op ontspannen toon ondanks zijn toenemende verlangen. Hij kon niet veel van haar lichaam zien onder die vormeloze jurk, maar hij voelde haar zachte, slanke rondingen en zijn blik bleef afdwalen naar de pulserende hartslag in haar hals. Nu ze uit de regen waren, rook hij haar delicate, vrouwelijke geur, en het water liep hem in de mond bij de gedachte haar te proeven. Met veel moeite rukte hij zijn gedachten weg van seks. 'Waarom ben je vandaag de storm in gegaan?' vroeg hij, zichzelf dwingend om het gesprek voort te zetten dat haar leek te kalmeren.

'Ik was op zoek naar mosselen.' Het meisje – Delia – ging verzitten op zijn schoot, en hij wist dat ze zijn erectie tegen haar billen voelde duwen. Het leek haar niet zoveel angst aan te jagen als zijn technologie, en Arus realiseerde zich dat het een goede zet was geweest om haar in zijn armen te nemen om haar te sussen. De beste manier om te laten zien dat hij geen kwaad in de zin had, was haar vast te houden en te laten wennen aan zijn aanraking, zodat ze er niet meer bang voor zou zijn.

Zodat ze hem zou zien als een man in plaats van een vreemdeling met magische krachten.

'Heb je honger?' vroeg hij terwijl hij weer haar haar streelde. Zelfs nu het nat was van de regen, voelde het dik en zijdezacht. 'Ben je daarom naar buiten gegaan met dit weer?'

Ze knipperde met haar ogen. 'Nee, ik ga gewoon elke ochtend mosselen zoeken. Mijn familie heeft het extra eten nodig.'

'Aha.' Hij had al min of meer geraden dat ze arm was. Zelfs naar menselijke maatstaven was haar kleding primitief. 'Dus je familie heeft je eropuit gestuurd, ondanks de storm?'

'Nee. Mijn zus zei dat ik niet moest gaan, maar ik dacht dat het wel zou meevallen.'

Natuurlijk. Arus was vergeten dat haar soort niet kon nagaan hoe sterk de storm was die op komst was. Het enige waar ze op konden afgaan, was het weer op dit moment en de ervaring van oudere mensen die zwaar weer hadden meegemaakt.

'Nou, je bent nu in elk geval veilig,' zei hij tegen haar. Het trillen van haar lijf begon eindelijk af te nemen. Buiten woedde de storm onverminderd voort, maar in hun veilige schuilplaats was het comfortabel en warm. 'Niets kan je hier deren.'

Ze keek naar de transparante bubbel boven hun hoofd en hij realiseerde zich hoe vreemd de krachtveldwanden voor haar moesten zijn. Toen ze weer naar hem keek, verbaasde het hem dan ook niet dat ze vroeg: 'Wat ben jij? Waar kon je vandaan, als je niet van de Olympus komt?'

'Ik kom uit een andere wereld. Een planeet die erg lijkt op deze,' zei Arus, hoewel hij wist dat het meisje hem niet zou begrijpen. 'Mijn thuisplaneet is hier erg ver vandaan.'

'Een andere wereld?' Hij voelde een rilling door haar heen gaan. 'Zoals Hades?'

'Nee, niet zoals Hades.' Arus streelde kalmerend haar rug. 'Waar ik vandaan kom, is het heel mooi. Groen en licht.'

Ze keek hem verward aan. 'Waarom ben je dan hier?'

'Omdat ik je planeet wilde zien,' zei Arus, en hij keek naar haar lippen. Om de een of andere reden bleef haar imperfecte, delicate mond zijn aandacht trekken. 'Jullie mensen fascineren me.'

'O ja?' Haar tong likte langs haar lippen, een onbedoeld verleidelijk gebaar, en Arus voelde zijn verlangen nog sterker worden. Haar lichaam was nu zacht en gewillig, en in haar blik zag hij meer nieuwsgierigheid dan angst.

Nieuwsgierigheid en een sprankje vrouwelijke opwinding.

Het besef dat ze hem wilde, in combinatie met de bedwelmende geur van haar opwinding, zorgde voor een verstrakt gevoel in zijn kruis. De dikke lucht in hun schuilplaats voelde plotseling stomend heet en zijn huid prikte toen haar handen naar zijn borstkas gingen, waar ze ze op legde zonder hem weg te duwen.

Ze likte weer langs haar lippen en haar ogen werden donkerder, en Arus kon zich niet meer inhouden.

Hij nam haar hoofd in zijn hand, trok het naar zich toe en drukte zijn mond op die verleidelijke lippen van haar.

HOOFDSTUK VIJF

In de krachtige omhelzing van de god voelde Delia zich alsof ze door de storm van de grond was gelicht. Toen Arus haar voor het eerst had opgetild, was ze te bang geweest om zich te richten op zijn naakte lichaam, maar nu haar angst wegebde, kwam dat gekke, schrijnende gevoel tussen haar dijen weer terug – en daarmee ook een intens bewustzijn van deze aantrekkelijke man.

Een man die haar wilde, afgaand op de grote erectie die tegen haar billen duwde.

Delia was een maagd, maar ze wist wel het een en ander van hoe seks werkte. Ze had veel dieren zien paren en haar moeder had haar verteld dat het bij mensen net zo ging. Delia wist ook dat ze niet mocht paren met iemand anders dan haar man. Ze was altijd van plan geweest zich aan die regel te houden – maar nu leek het erop dat Phanias haar man zou worden. Ze kon zich nog niet eens voorstellen dat ze de oude smid zou kussen, terwijl het idee van deze exotische, sterke vreemdeling die haar zou ontmaagden meer dan een beetje aantrekkelijk was.

Zo aantrekkelijk zelfs dat toen Arus haar kuste, ze haar angst opzijduwde en zichzelf toestond simpelweg te voelen.

Zijn lippen waren verrassend zacht op de hare en zijn ademhaling was warm en zoetig, alsof hij net een stuk fruit had gegeten. Zijn tong ging langs haar lippen en ze deed ze instinctief van elkaar. Hij ging er meteen voor; zijn tong kwam haar mond binnen terwijl zijn hand haar haar steviger omklemde, en het verlangen in haar binnenste werd sterker, begon te pulseren. Haar borsten waren vol en gevoelig, haar tepels werden hard alsof eroverheen werd gewreven, en een vochtige warmte verzamelde zich tussen haar benen toen hij de kus intensiveerde, haar nog net niet opslokkend met zijn tong.

Hij smaakte zowel zoet als licht zoutig, alsof er nog wat zeewater op zijn lippen zat. Delia's hoofd kantelde achterover toen ze toegaf aan de druk van zijn mond. Ze kreunde en haar handen gleden omhoog om zijn sterke schouders beet te pakken. Zijn erectie voelde als een ijzeren staaf onder haar billen en de wetenschap dat hij zo naar haar verlangde, maakte haar zowel opgewonden als doodsbang.

Ze had gehoord dat de eerste keer altijd pijn deed, en daar keek ze niet naar uit.

Toch zorgde zelfs die vrees er niet voor dat het vuur in haar doofde. Alles in haar verlangde naar Arus' aanraking. De begeerte consumeerde haar, en ze voelde zich een vreemde in haar eigen lichaam. Voor het eerste begreep Delia waarom Helena van Troje alles op het spel had gezet voor Paris.

Als dit passie was, was het geen wonder dat er oorlogen door ontstonden.

Voordat Delia daar langer over kon nadenken, tilde Arus haar van zijn schoot en legde haar op het nog vochtige gras. Ze probeerde haar mond lang genoeg van hem los te rukken om wat broodnodige lucht in haar longen te zuigen en toen lag hij boven op haar. Zijn lichaam blokkeerde het zicht op de storm die buiten woedde. Ze begreep nog steeds niet hoe een transparante wand hen kon beschermen tegen regen en bliksem, maar toen hij haar weer begon te zoenen, kon ze zich er niet meer druk om maken.

De magie van deze god verbleekte bij het verlangen dat hij in haar opwekte.

Zijn handen gingen nu over haar lichaam. Ze waren groot, sterk en doelgericht; zijn aanraking was ervaren en bekwaam. Hij pakte haar borsten niet vast zoals de jongen die haar had gekust toen ze zestien was – nee, Arus kneedde haar kleine borsten door haar jurk heen en ging met zijn duim heen en weer over haar harde tepels terwijl hij zich opdrukte op zijn ellebogen. Tegelijkertijd duwde hij met zijn knie haar benen uit elkaar en wrong zich ertussen. Ze voelde zijn been tegen haar meest verlangende plek duwen, hij oefende lichte druk uit op een plekje waardoor ze het heet kreeg en duizelig werd. Het pulserende, schrijnende gevoel in haar werd nog heviger en ze hapte naar adem in zijn mond. Haar handen omklemden zijn middel toen de spanning in haar steeds groter en groter werd.

'Ja, heel goed,' fluisterde hij met zijn lippen bij Delia's oor. 'Kom voor me, schatje.' Hij bewoog zijn been ritmisch tussen haar dijen om door het stugge materiaal van haar jurk heen over haar heen te wrijven, totdat de spanning onhoudbaar werd. Ze voelde de hitte van zijn adem in haar hals en haar eigen hartslag gonsde in haar oren; haar zicht werd wazig terwijl een pulserende druk zich in haar opbouwde. Het voelde alsof ze doodging, alsof iets in haar op ontploffen stond. Angstig schreeuwde ze de naam van de god – en toen volgde de explosie.

Alle opgebouwde spanning leek in één klap los te laten, en ze werd overspoeld door een intens genot dat van diep uit haar kwam. Haar spieren trokken zich samen en haar tenen krulden zich op. Hijgend duwde Delia haar heupen omhoog, op zoek naar meer van dit gevoel, maar het gevoel nam al af en ze bleef verdwaasd en ademloos achter.

Voordat ze kon verwerken wat er gebeurd was, rolde Arus zich van haar af, stond op en trok haar overeind. Ze zwaaide op haar onvaste benen terwijl hij haar jurk over haar hoofd trok en op de grond liet vallen, zodat ze nu naakt voor hem stond – zich zeer bewust van de grote, opgewonden man tegenover haar.

'Wacht,' fluisterde ze, maar hij legde haar al op de grond en bedekte haar met zijn krachtige lichaam. Er waren nu geen barrières meer tussen hen en Delia's eerdere angst kwam terug toen ze zijn harde, ongenaakbare erectie tegen haar been voelde duwen. Haar hartslag schoot omhoog en ze wurmde haar handen tussen hen in om weer tegen zijn borstkas te duwen.

'Niet bang zijn,' mompelde hij, steunend op één elleboog. Met zijn vrije hand wreef hij zacht en kalmerend over haar lichaam, en ze zag dat zijn ogen zo donker waren als middernacht. Zijn mooie gelaatstrekken waren ietsje gespannen. 'Ik zal je geen pijn doen,' beloofde hij met een rauwe stem, en hij duwde haar dijen met zijn knieën uit elkaar.

Delia deed haar mond open om hem te vertellen dat ze een maagd was, maar hij raakte haar al aan. Zijn vingers vonden moeiteloos het plekje dat haar daarnet dat gevoel had gegeven. Het was nu nog gevoeliger en ze bemerkte een vreemde, warme vochtigheid bij zichzelf. Beschaamd probeerde ze zich van hem weg te draaien voordat hij het kon voelen, maar zijn vingers waren daar al. Hij duwde haar lippen uit elkaar en drong bij haar binnen.

Het waren slechts twee vingertoppen, maar Delia deinsde toch terug. Het voelde onbekend en pijnlijk om zo opgerekt te worden. Arus stopte meteen en keek naar haar.

'Wat is er?' vroeg hij bezorgd.

'Ik…' Delia voelde haar gezicht rood en warm worden. 'Ik heb dit nog nooit gedaan.'

Zijn ogen werden groot en heel even dacht ze dat hij haar zou laten gaan. Maar een moment later verstrakte zijn kaak en zag ze een spiertje trekken naast zijn oor. 'Nog nooit?' vroeg hij hees, en Delia schudde haar hoofd, te beschaamd om de woorden te herhalen.

Hij staarde haar intens aan en ze realiseerde zich dat zijn hand nog op haar lag, zijn vingers nog bij de toegang tot haar lichaam. 'Dan ben je dus helemaal van mij.' Er lag een duistere, bezitterige toon in zijn stem. 'Geen enkele man heeft je ooit aangeraakt.'

Delia beet op haar lip. 'Niet...' Ze huiverde terwijl hij een vinger bij haar naar binnen duwde. 'Niet zoals dit.'

Zijn neusvleugels werden wijder en toen kuste hij haar weer. Zijn mond nam bezit van haar met een wilde honger, en hij duwde zijn vinger dieper in haar. Het gevoel was vreemd, maar niet pijnlijk, en de spanning die ze nu kende kwam weer terug toen hij zijn duim tegen het gevoelige plekje drukte. Het vocht bij haar vanbinnen maakte het makkelijker om zijn vinger naar binnen te laten glijden en even later was Delia haar aanvankelijke ongemak helemaal vergeten en bewogen haar heupen mee op het ritme van zijn hand.

Misschien had ze geluk en deed de eerste keer bij haar geen pijn.

HOOFDSTUK ZES

*D*elia's kutje was zo strak om zijn vinger dat Arus wist dat hij haar uiteindelijk pijn zou doen. De enige manier om dat te vermijden, zou zijn door nu te stoppen en haar met rust te laten, maar daar was hij niet toe in staat. De lust die door hem heen gierde was duister en dierlijk. Zoiets had hij nog nooit meegemaakt.

Hij wilde haar bezitten, dit mensenmeisje; wilde haar op elke mogelijke manier claimen.

Dit primitieve verlangen verbijsterde hem, maar hij kon er nu niet bij stilstaan. Zijn huid brandde en zijn pik was zo hard dat het pijn deed. Hij moest in haar zijn, moest haar strakke, natte vlees om hem heen voelen. Haar mond was warm en zoet, proefde hij ten enenmale toen hij haar zoende, en haar geur dreef hem tot waanzin.

Hij moest haar neuken. Nú.

Arus wendde zijn laatste beetje zelfbeheersing aan

om haar opnieuw een orgasme te geven met zijn duim, want hij wilde dat ze zo nat en klaar mogelijk was. Ze kermde het uit terwijl haar spieren zich aanspanden om zijn vinger, en hij maakte van de gelegenheid gebruik om een tweede vinger in haar strakke kutje te duwen om haar voor te bereiden op zijn komst. Ze verstijfde onder hem en kromp ineen, hoe nat ze ook was, en hij wist nu honderd procent zeker dat het pijn zou gaan doen.

Hij hief zijn hoofd, trok zijn hand weg, pakte zijn pik vast en legde hem voor haar kutje. 'Het spijt me,' fluisterde hij en hij zag haar van genot verdwaasde blik. Voordat ze kon reageren, begon hij zichzelf naar binnen te duwen.

Delia krijste het uit en duwde tegen zijn borstkas, maar Arus zette door, want hij wist dat hij haar maagdenvlies moest doorbreken. Het hielp dat ze zo nat was, al was ze alsnog ongelofelijk krap. Haar lichaam spande zich aan om weerstand te bieden tegen zijn penetratie. Hij bracht zijn hoofd naar beneden en gaf kusjes overal op haar gezicht, beloofde haar fluisterend dat het goed zou komen, dat de pijn snel zou afnemen, maar hij kon zien dat het niet echt hielp. Ze slaakte een gepijnigde kreet toen hij dieper duwde en hoewel zijn ballen op het punt van ontploffen stonden, wachtte hij even toen hij voelde dat haar wangen nat waren van de tranen.

Hij wilde haar, maar hij wilde haar geen pijn doen.

'Wil je dat ik stop?' dwong hij zichzelf te vragen, hoewel alles in hem zich tegen dat idee verzette. Zijn pik was nog maar half in haar en als het nu al zoveel pijn deed...

Delia werd stil en staarde hem aan met haar vochtige bruine ogen. Hij zag dat ze onregelmatig ademhaalde en haar borstkas ging snel op en neer terwijl ze met haar handen tegen de zijne duwde alsof ze hem op afstand wilde houden.

'Wil je dat ik stop?' herhaalde Arus. Hij negeerde het gonzen van zijn hartslag in zijn oren. Ondanks de primitieve lust die hem van binnenuit opvrat, was hij geen wildeman. Hij leefde al tweehonderd jaar zonder dit meisje te neuken; hij zou het echt wel overleven als ze hem liet wachten.

Dat hoopte hij tenminste.

Tot zijn grote opluchting schudde ze haar hoofd, onzeker, maar toch. 'Nee,' fluisterde ze en ze knipperde met haar ogen. 'Het is gewoon...

Arus kreeg niet de kans om te horen wat ze zei, want het laatste stukje zelfbeheersing was er nu aan. Hij boog zich naar haar toe, veroverde haar lippen met een verslindende kus en duwde zich in één genadeloze klap volledig naar binnen, langs het membraan dat hem de weg blokkeerde.

Een strakke, natte warmte omhulde hem. Ze omklemde hem als een vuist en Arus' rug kromde zich toen een overweldigend genot door hem heen schoot en zijn hartslag de lucht in stuwde. Ze was meer dan heerlijk, meer dan perfect. Het was alsof haar slanke lichaam voor hem gemaakt was. Hij voelde zich verloren in haar, verloren in de sensaties, maar voordat hij zich er helemaal aan kon overgeven, proefde hij iets zouts op haar lippen.

Haar tranen.

Hij stopte onmiddellijk.

Met zijn hoofd iets omhoog zodat hij naar haar kon kijken dwong Arus zichzelf om stil te houden en niet te stoten. Ze trilde, haar gezicht zat onder de tranen en hij wist dat hij haar de tijd moest geven om aan hem te wennen, aan deze invasie van haar lichaam. Het lukte hem om zich een paar korte momenten in te houden – maar toen bereikte de ijzergeur van haar maagdenbloed zijn neus.

Een duistere, oeroude honger kwam brullend in hem tot leven, vermengde zich met zijn lust en versterkte die. De kracht van zijn jagersinstinct was onmogelijk te weerstaan. Grommend ging Arus met zijn gezicht naar haar hals en hij voelde haar hartslag onder zijn lippen. Delia ademde snel, probeerde nog altijd om te gaan met de pijn van het scheuren van haar maagdenvlies, maar haar lichaam was niet langer het enige wat Arus nodig had.

Hij deed zijn mond open en sneed met de scherpe rand van zijn tanden haar tere huid open.

Haar bloed gutste tegen zijn tong. Heet, rijk en koperachtig – dit afrodisiacum was duizend keer zo sterk als de synthetische variant op Krina. Door genetische modificatie was zijn soort niet langer afhankelijk van bloed om te overleven, maar het verlangen naar de high die ze ervan kregen, was nooit weggegaan. Arus hoorde hoe Delia het uitkrijste, voelde haar nagels in zijn huid drukken en realiseerde zich ergens in de verte dat het kalmerende chemische stofje in zijn speeksel een uitwerking op haar had – dat ze ook iets van het gekmakende genot voelde dat hem in zijn greep hield.

Dat was zijn laatste samenhangende gedachte. Alles wat erop volgde was een waas van ongelofelijk genot, van haar geur en smaak en aanwezigheid. Arus nam haar meedogenloos, zonder enige terughoudendheid, en ze reageerde op zijn harde stoten met evenveel verlangen; haar slanke benen waren om hem heen geslagen terwijl hij haar urenlang neukte. Het genot dat door zijn aderen stroomde maakte dat hij niet meer kon nadenken. Het enige wat hij wist, was dat hij haar moest nemen, keer op keer op keer.

Toen hij uiteindelijk van haar uitgeputte lichaam af rolde, verzadigd en op, was de lucht boven hun schuilplaats donker en helder. Hij zag de sterren en wist dat de storm voorbij was.

Hij kon haar nu veilig laten gaan, alleen wilde hij dat niet.

Arus wilde Delia voor de rest van zijn leven houden.

HOOFDSTUK ZEVEN

*D*elia werd langzaam wakker met droombeelden nog in haar hoofd terwijl ze bij bewustzijn kwam. Met haar ogen dicht glimlachte ze. Ze had nog nooit zo fijn gedroomd. Zelfs nu nog voelde ze het genot van de interactie met haar seksgod in haar gonzen – zijn sterke, overmeesterende lichaam dat haar nam en waar ze zich compleet in verloor.

Het had ook wel pijn gedaan, herinnerde ze zich, maar dat was snel voorbijgegaan. Het had gevoeld alsof ze doormidden werd gescheurd toen Arus voor het eerst bij haar binnen was gedrongen, maar toen had hij iets gedaan – haar nek aangeraakt op een manier die eerst een steek had veroorzaakt – en was de pijn verdwenen, verdrongen door een ongelofelijk genot.

Een seksueel genot dat zo intens was dat alleen al de gedachte eraan haar weer zo'n heerlijk verlangend gevoel gaf.

Nog altijd glimlachend rolde Delia zich op haar

andere zij. Ze wilde niet wakker worden. Het was ongelofelijk hoe levensecht haar droom was geweest. De storm, de transparante, bubbelachtige schuilplaats, zelfs de ongebruikelijke naam van de god – ze kon zich nooit zoveel details van haar dromen herinneren.

Deze droom had zo echt geleken. Zo echt zelfs dat ze nog steeds de mannelijke geur van Arus' huid kon ruiken en zijn hand door haar haar voelde strijken.

Wacht even. Er streek écht een hand door haar haar.

Delia ging rechtop zitten en haar ogen schoten open, en toen zag ze hem: de god over wie ze had gedroomd.

Maar het was geen droom geweest. Dat kon niet, want ze was niet wakker geworden in het krot waar haar familie woonde.

Ze lag in een vreemd bed in een kamer met ivoorkleurige wanden, en ze was naakt terwijl Arus volledig gekleed naast haar zat in een vreemdsoortige witte outfit.

Delia hapte naar adem en zocht het dichtstbijzijnde stukje stof – een laken dat heerlijk zacht voelde toen ze het om zich heen sloeg. Haar hart bonkte in haar borstkas en ze sprong van het bed toen ze de god aangaapte, die naar haar keek met een onleesbare uitdrukking op zijn prachtige gezicht.

'Waar ben ik?' Delia's stem trilde terwijl ze verwoed de kamer rondkeek. 'Wat is dit voor plek?'

Alles om haar heen was ivoorkleurig en er waren

geen ramen of deuren. En het bed… Nee, dat moest wel gezichtsbedrog zijn.

Het bed, dat niet meer was dan een witte plank, zweefde in de lucht.

'Je bent op mijn schip,' zei Arus. Hij stond op van de plank en liep naar haar toe. Zijn donkere ogen glansden toen hij voor haar bleef stilstaan, zo dichtbij dat ze haar nek moest strekken om naar hem omhoog te kijken. 'Ik heb je mee hiernaartoe genomen zodat ik kon zorgen dat je niet beurs zou zijn na gisteravond.'

Ze moest er wel precies zo niet-begrijpend uitzien als ze zich voelde, want hij legde uit: 'We hebben hier medische technologie.'

'O.' Delia staarde naar hem, overweldigd door wat hij had gezegd. Nu het ter sprake kwam, besefte ze dat ze helemaal geen ongemak voelde tussen haar benen. Er kwamen details terug van gisteravond en ze herinnerde zich hoeveel pijn het had gedaan toen hij haar maagdenvlies had doorboord – en hoe hij daarna was blijven stoten, wel urenlang.

Daar had ze nooit zonder pijn van af kunnen komen, normaal gesproken.

'Heb jij me genezen?'

'Ja.' Arus legde zijn grote handpalm tegen haar kaaklijn en streelde met zijn duim over haar wang. 'Ik wilde niet dat je pijn had.'

'O.' Delia ademde langzaam uit. Alles in haar reageerde op zijn warme, fijne aanraking. Ze wist niet wat ze moest doen, hoe ze moest reageren op zijn ongewone vriendelijkheid, dus toen zei ze maar gewoon: 'Dank je wel.'

Arus' prachtige lippen vormden een glimlach. 'Graag gedaan, liefje. Heb je honger?'

Net op dat moment begon haar maag te rommelen en hij lachte. 'Zo te horen wel.'

———

HIJ GAF HAAR ETEN DAT SMAAKTE NAAR AMBROZIJN – een mengsel van haar onbekende fruitsoorten, groenten en noten, met een saus die Delia's smaakpapillen naar de zevende hemel transporteerde. Het eten kwam rechtstreeks uit een van de muren, die op zijn commando was opengegaan om het feestmaal te serveren dat zij nu opaten, zittend aan een zwevende tafel – die ook uit een muur was gekomen.

'Wat is dit voor schip?' vroeg Delia toen ze vol zat. Ze begreep Arus' magie niet, maar ze was er niet meer zo bang voor. Het was haar duidelijk dat hij geen kwaad in de zin had – en dat hij wel degelijk afkomstig was van de Olympus, ook al beweerde hij van niet.

'Het is een schip dat ons kan verplaatsen tussen verschillende werelden,' zei Arus, en zijn antwoord bevestigde haar aanname. 'De sterren die je ziet zijn niet gewoon kleine lichtjes aan de hemel. Het zijn andere zonnen, zoals de zon die de aarde warmte en licht geeft. Ook die zonnen hebben planeten zoals de aarde die in een baan om ze heen gaan, en ik kom van een van die planeten.' Hij pauzeerde even om haar ruimte te geven om vragen te stellen, maar Delia wist niet waar ze moest beginnen.

Het enige wat ze eruit begreep was dat zijn schip hem hierheen had getransporteerd vanuit de sterren – dus dat betekende dat de Olympus ergens in de lucht lag, en niet een berg was.

Arus zuchtte en keek haar aan. 'Je begrijpt het niet, hè?' Er trok een wrang glimlachje aan een mondhoek van zijn prachtige mond. 'Dat viel te verwachten. Ik wou dat ik je kon overtuigen dat dit alles niet bovennatuurlijk is, dat wij gewoon een meer geavanceerde samenleving zijn, maar je moet nog heel veel leren voordat je dat zou kunnen begrijpen. Voor nu vind ik het niet erg als je me ziet als een god.'

Delia glimlachte, gerustgesteld door zijn woorden. 'Je bént ook een god. Wat zou je anders kunnen zijn?'

'Ik ben een Krinar,' zei hij, en zijn gezicht werd ernstiger. 'Delia,' zei hij zachtjes, 'ik wil je iets vragen.'

Ze knipperde met haar ogen. 'Wat dan?'

'Ik moet binnenkort vertrekken. Naar huis, naar Krina.'

Haar borst spande zich onprettig aan toen ze dat hoorde. 'Natuurlijk,' wist ze uit te brengen. 'Je zei al dat het daar beeldschoon is en je moet terug.'

Arus knikte. 'Ja, en ik wil dat jij met me meegaat.' Voordat ze meer kon doen dan hem aangapen, zei hij: 'Ik weet dat ik nog steeds een vreemde voor je ben en dat alles hieraan' – hij maakte een weids gebaar met zijn hand – 'voor jou onwerkelijk en angstaanjagend is.

Maar ik beloof je dat ik je geen pijn zal doen en dat ik voor je zal zorgen. Je bent veilig bij mij.'

Delia kon haar oren niet geloven. 'Je wilt dat ik met je meega? Naar de wereld waar jij woont?'

'Ja, naar Krina. Of naar de Olympus, hoe je het ook wilt noemen.' Arus pakte over de zwevende tafel heen haar hand vast. 'Het is een prachtige plek, en als je met me meekomt, kan ik je een leven geven zoals je je nooit hebt kunnen voorstellen.'

Ze moest wel nog steeds dromen. 'Waarom?' zei ze ongelovig. 'Waarom zou je me meenemen?'

Arus stond op en trok haar omhoog, met een blik vol pure lust, en liep om de tafel heen. 'Omdat onze tijd samen nog lang niet genoeg voor me was,' zei hij en hij trok haar tegen zijn harde, opgewonden lichaam. 'Omdat ik je nu heb gehad en omdat ik meer wil – veel meer. Ik wil dat je van mij bent zodat ik je elke dag en elke nacht kan hebben, voor een lange, lange tijd.'

Delia's hartslag ging door het dak en er kwamen miljoenen vragen in haar op terwijl Arus naar haar keek, zijn erectie tegen haar buik geduwd. Zijn woorden waren niet bepaald een tedere liefdesverklaring en er waren zoveel dingen die ze niet wist over hem en de wereld waar hij haar mee naartoe wilde nemen. Maar hij gaf haar de keus, en dat feit alleen al hielp om haar angst te verminderen.

Ze kon blijven en een doorsneeleven leiden – waarschijnlijk als vrouw van de smid – of ze kon met deze knappe vreemdeling meegaan naar een mysterieuze plek in de lucht.

'En mijn familie dan?' vroeg ze toen ze daar ineens aan dacht. 'Ze hebben de mosselen nodig en ik...'

'Ik geef ze jouw gewicht in goud voor we gaan,' zei Arus. 'Ze zullen nooit meer tekort hebben.'

'Maar...'

'Ga met me mee, Delia.' Arus' ogen schitterden en hij sloeg zijn armen om haar heen. 'Met je familie komt het goed, dat beloof ik. Kom mee, dan laat ik je de wonderen van mijn wereld zien.'

Ze staarde naar zijn magnifieke trekken en herinnerde zich hoe hij haar had gered in de storm, hoe hij haar in veiligheid had gebracht, had genezen, en meer genot had gegeven dan ze ooit voor mogelijk had gehouden. Hij had gelijk: haar familie zou het wel redden zonder haar. Ze zouden zelfs nog beter af zijn. Ook zonder het goud kwam het goed uit als ze een mond minder te voeden hadden. En als Arus ze echt zoveel welvaart gaf, zouden haar zussen de mannen voor het uitkiezen hebben in plaats van een gedwongen huwelijk te moeten sluiten.

Dat laatste gaf de doorslag. Delia had geen idee wat er zou gebeuren als ze met hem meeging, hoe zijn wereld eruitzag of hoe het kon dat ze naar de sterren zouden reizen, maar op dat moment, in de armen van haar god, wist ze dat ze het wilde ontdekken.

Het was ongelofelijk, krankzinnig en absoluut angstaanjagend, maar Delia waagde de sprong en zei: 'Ja, Arus, ik ga met je mee.'

Bedankt voor het lezen van dit verhaal! Ik hoop dat je ervan hebt genoten.

Als je meer wilt weten over Arus en Delia en over de Krinar, kun je deze andere verhalen in het Krinar-universum lezen:

- *De Mia & Korum-trilogie* – drie complete romans die zich afspelen een paar jaar na de Krinar-invasie
- *De Krinar-gevangene* – een zelfstandig te lezen roman die zich afspeelt vlak vóór de Krinar-invasie
- *De Krinar-onthulling* – een novelle over de ontmoeting tussen een journalist en een K

Als je hebt genoten van *Weggevoerd*, heb je misschien ook interesse in deze andere verhalen van Anna Zaires:

- **De Verwrongen-trilogie** – het verhaal van Julian en Nora, dark romance
- **De Gevangen-trilogie** – het verhaal van Lucas en Yulia, dark romance

Wil je een berichtje ontvangen wanneer er weer een boek uitkomt? Schrijf je in voor mijn release-nieuwsbrief via www.annazaires.com/book-series/nederlands.

Sla de bladzijde om voor een voorproefje van *Aanraking, De Krinar-gevangene, Verwrongen* en enkele van mijn andere boeken.

Ontvoerd. Meegenomen naar een privé-eiland.

Ik had nooit gedacht dat mij dit zou overkomen. Ik had me nooit kunnen voorstellen dat een toevallige ontmoeting aan de vooravond van mijn achttiende verjaardag mijn leven zo volkomen zou veranderen.

Nu behoor ik hem toe. Julian. Een man die even meedogenloos als knap is — een man wiens aanraking me in vuur en vlam zet. Een man wiens tederheid verwoestender is dan zijn wreedheid.

Mijn ontvoerder is een raadsel. Ik weet niet wie hij is of waarom hij me heeft ontvoerd. In hem bevindt zich duisternis—duisternis die me evenzeer aantrekt als beangstigt.

Ik ben Nora Leston. Dit is mijn verhaal.

———

Het is avond. Ik word elke minuut nerveuzer omdat ik weet dat ik straks mijn ontvoerder weer zie. Niet langer houdt het boek mijn aandacht vast. Daarom leg ik het maar weg en begin te ijsberen.

Ik heb de kleren aan die Beth me gebracht heeft. Zelf zou ik ze niet uitgekozen hebben, maar ze zijn beter dan die badjas. Ik heb een sexy wit slipje aan en een bijpassende beha. Daaroverheen draag ik een leuk blauw zomerjurkje met knoopjes van voren. Het is verbazend hoe goed het past. Misschien houdt hij me al wel langer in de gaten. Misschien weet hij naast mijn kledingmaat nog veel meer van me.

Die gedachten zijn misselijkmakend.

Hoe hard ik ook probeer niet te denken aan wat komen gaat, het lukt me niet. Eigenlijk begrijp ik niet eens waarom ik er zo van overtuigd ben dat hij vanavond naar me toe komt. Misschien heeft hij wel een hele harem aan vrouwen op dit eiland zitten en neemt hij elke avond een ander, net als sultans dat vroeger deden.

Maar ik weet gewoon dat hij eraan komt. Gisteren was gewoon een voorproefje. Hij is nog niet klaar met me – nog lang niet.

Uiteindelijk gaat de deur open. Hij stapt binnen alsof hij de touwtjes in handen heeft, wat natuurlijk ook zo is.

Opnieuw ben ik onder de indruk van zijn

mannelijke schoonheid. Met zo'n gezicht zou hij een model of een filmster kunnen zijn. Als de wereld eerlijk was, was hij klein geweest, of had hij een andere imperfectie gehad om voor die trekken te compenseren.

Maar dat is niet het geval. Zijn lichaam is perfect geproportioneerd, groot en gespierd. Als ik denk aan hoe het was om hem in me te voelen, bespeur ik tot mijn ongenoegen een vlaag van opwinding.

Wederom draagt hij een spijkerbroek en een T-shirt, een grijze ditmaal. Hij heeft groot gelijk dat hij de voorkeur geeft aan eenvoudige kleding. Het is niet of zijn uiterlijk nog extra nadruk nodig heeft.

Hij glimlacht naar me, duister en verleidelijk als een gevallen engel. "Hallo, Nora."

Ik heb geen idee wat ik moet zeggen en daarom flap ik het eerste eruit wat in me opkomt: "Hoelang wil je me hier houden?"

Hij houdt zijn hoofd een tikje scheef. "Hier in deze kamer? Of op dit eiland?"

"Allebei."

"Beth zal je morgen rondleiden. Als je zin hebt, kunnen jullie gaan zwemmen," zegt hij terwijl hij op me af loopt. "Ik houd je niet opgesloten, tenzij je domme dingen gaat doen."

"Zoals?" Mijn hart begint als een gek te bonzen wanneer hij met een hand door mijn haren strijkt.

"Beth of jezelf pijn doen." Zijn zachte stem en indringende blik werken hypnotiserend. Die ritmische strelingen door mijn haar versterken dat effect alleen maar.

Ik probeer de betovering te verbreken door een paar keer met mijn ogen te knipperen. "En op het eiland? Hoe lang ben je van plan me hier te houden?" Nu strijkt zijn hand over de ronding van mijn wang. Even leun ik tegen zijn hand, als een kat die geaaid wordt. Dan besef ik wat ik aan het doen ben, en meteen ga ik weer stokstijf rechtop staan. Aan zijn glimlach zie ik dat hij precies weet welk effect hij op me heeft.

"Lang, hoop ik," is zijn antwoord.

Op de een of andere manier verrast dat me niet. Je neemt niet de moeite iemand helemaal naar een verlaten eiland te brengen als je alleen paar keer seks wilt. Ik ben doodsbang, dat wel, maar niet verrast. Ik verzamel mijn moed en stel de volgende logische vraag: "Waarom heb je me ontvoerd?"

Nu glimlacht hij niet meer. In plaats van te antwoorden, neemt hij me met die onpeilbare blauwe ogen op.

Over mijn hele lichaam begin ik te beven. "Ga je me vermoorden?"

"Nee, Nora, ik ga je niet vermoorden."

Ik weet dat hij zou kunnen liegen, maar toch stelt het antwoord me gerust. "Ga je me dan verkopen?" Ik forceer de woorden naar buiten. "Als een prostituee of zo?"

"Nee," zegt hij zacht. "Dat nooit. Je bent van mij. Alleen van mij."

Ook dat stelt me wat gerust, maar er is één ding dat ik nog moet weten. "Ga je me pijn doen?"

Wederom lijkt het of hij geen antwoord gaat geven. Heel even verschijnt er een flits van iets duisters in zijn ogen.

"Waarschijnlijk wel," zegt hij dan en hij buigt zich voorover om me met zijn warme mond zachtjes op mijn lippen te kussen.

Een moment lang blijf ik als bevroren staan. Ik geloof hem. Ik weet dat hij de waarheid vertelt als hij zegt dat hij me pijn gaat doen. Al vanaf het begin is er iets aan hem dat me angst aanjaagt. Hij is zo anders dan de jongens met wie ik altijd uitging. Volgens mij is hij tot alles in staat. En ik ben volledig aan hem overgeleverd.

Heel even overweeg ik me weer te verzetten. Dat is wat men zou doen in mijn situatie, nietwaar? Dat zou dapper zijn.

Maar ik doe het niet. Ik bespeur een duisternis in hem, een afwijking. Die schoonheid verbergt iets monsterlijks en ik wil niet degene zijn die het wekt. Ik heb geen idee wat er dan zal gebeuren.

Daarom blijf ik doodstil staan en laat ik hem me kussen. Ook wanneer hij me oppakt en naar het bed draagt, verzet ik me niet. In plaats daarvan sluit ik mijn ogen en geef ik me over aan de gevoelens die hij in me oproept.

———

Verwrongen is nu verkrijgbaar. Ga naar mijn website www.annazaires.com/book-series/nederlands voor meer informatie en om je in te schrijven voor mijn releasemailing.

STUKJE UIT DE KRINAR-GEVANGENE

Noot van de auteur: *De Krinar-gevangene* is een volledige roman die zich afspeelt ongeveer vijf jaar voor de invasie.

———

Ik wil niet dood. Ik wil niet dood. Alsjeblieft, alsjeblieft, ik wil niet dood.

De woorden bleven door haar hoofd gaan. Een wanhopige smeekbede die nooit gehoord zou worden. Haar vingers gleden nog een centimeter verder weg op het ruwe hout; ze brak haar nagels in haar pogingen om de grip niet te verliezen.

Emily Ross hing aan een kapotte, oude brug. Tientallen meters beneden haar raasde het water over de rotsachtige rivierbodem. Het had veel geregend de afgelopen tijd, waardoor de bergrivier snel stroomde.

Die regen was een van de oorzaken van haar

huidige penibele situatie. Als het hout van de brug droog was geweest, was ze misschien niet uitgegleden, waarbij ze haar enkel had verzwikt. En ze zou zeker niet tegen de reling gevallen zijn, die het door haar gewicht had begeven.

Alleen het feit dat ze zich op het laatste moment had weten vast te grijpen, had voorkomen dat Emily richting haar dood was gevallen. In haar val had haar rechterhand een kleine uitstulping aan de zijkant van de brug gepakt, en nu bungelde ze tientallen meters boven de harde rotsen in de lucht.

Ik wil niet dood. Ik wil niet dood. Alsjeblieft, alsjeblieft, alsjeblieft, ik wil niet dood.

Het was niet eerlijk. Dit was niet de manier waarop het horde te gaan. Ze was op vakantie om weer tot zichzelf te komen. Hoe was het mogelijk dat ze uitgerekend nu zou doodgaan? Ze was nog niet eens begonnen met leven.

Beelden van de afgelopen twee jaar schoten voor Emily's geestesoog voorbij, vormgegeven als de PowerPoint-presentaties waaraan ze zoveel uren van haar leven had besteed. Alle avonden en weekends die ze op kantoor had doorgebracht, het was allemaal voor niets geweest. Ze was haar baan kwijtgeraakt in een ontslagronde en nu stond ze op het punt dood te gaan.

Nee, nee!

Emily's benen zwiepten heen en weer, haar nagels groeven zich dieper in het hout. Met haar andere arm reikte ze omhoog naar de brug. Dit zou haar niet overkomen. Ze zou het niet laten gebeuren. Ze had te hard gewerkt om zich door een lullige brug te laten verslaan.

Het ruwe hout sneed in haar vingers en er liep bloed langs haar armen naar beneden, maar ze negeerde de pijn. Haar enige kans op overleving was als ze de zijkant van de brug met haar andere hand kon vastgrijpen en zichzelf omhoog kon trekken. Er was hier niemand die haar kon redden als ze zichzelf niet redde.

De mogelijkheid dat ze moederziel alleen zou kunnen sterven in het regenwoud was niet bij Emily opgekomen toen ze aan deze reis begon. Ze was een ervaren wandelaar en kampeerder, en zelfs na de twee helse jaren die ze achter de rug had, was ze nog altijd goed in vorm. Ze had haar conditie onderhouden met hardlopen en teamsporten op highschool en de Universiteit. Costa Rica stond bekend als een veilige bestemming; er was weinig criminaliteit en men was er gewend aan toeristen. Ook was het hier niet al te duur – een belangrijke overweging gezien haar snel slinkende spaarsaldo.

Ze had deze reis al geboekt vóórdat alles bergafwaarts ging. Voordat de markt weer in een vrije val was geraakt, voordat er weer een ontslagronde volgde die duizenden medewerkers op Wall Street hun baan kostte. Voordat Emily op een doodgewone maandag naar haar werk ging, met kringen onder haar ogen omdat ze het hele weekend door had gebuffeld, en diezelfde dag met haar bezittingen in een kartonnen doos de deur weer uit liep.

Voordat haar vier jaar lange relatie was uitgegaan.

Het was haar eerste vakantie in twee jaar tijd. En ze ging hem niet overleven.

Nee, zo moet je niet denken. Dat gaat niet gebeuren.

Maar Emily wist dat ze tegen zichzelf loog. Ze voelde haar vingers nog verder wegglippen, haar rechterarm en -schouder branden van de inspanning die het kostte om haar lichaamsgewicht tegen te houden. Haar linkerhand was heel dicht bij de zijkant van de brug, maar of het nu een paar centimeter was of een paar kilometer, het deed er niet toe. Het was onmogelijk om genoeg grip te krijgen om zichzelf met één arm omhoog te hijsen.

Doe het nou, Emily! Niet nadenken, gewoon doen!

Ze verzamelde al haar kracht, zwiepte haar benen omhoog en gebruikte het momentum om haar lichaam een klein stukje omhoog te brengen. Met haar linkerhand greep ze een uitstekend deel van de brug vast, en… het fragiele stuk hout brak. Er kwam een kreet van doodsangst uit haar keel.

Emily's laatste gedachte voordat haar lichaam de rotsen raakte, was: *ik hoop dat ik in één klap dood ben.*

———

De geur van het oerwoud, rijk en indringend, drong Zarons neusgaten binnen. Hij ademde diep in en liet de vochtige lucht zijn longen vullen. Dit kleine stukje van de aarde was schoon, bijna net zo onbezoedeld als zijn thuisplaneet.

Dit was wat hij nu nodig had. Frisse lucht, ruimte, alleen zijn. De afgelopen zes maanden had hij geprobeerd weg te vluchten van zijn eigen malende gedachten en in het hier en nu te leven, maar het was hem niet gelukt. Zelfs bloed en seks hielpen niet meer. Tijdens de daad kon hij wel even zijn gedachten verzetten, maar naderhand kwam de pijn weer net zo hard terug.

Het was hem te veel geworden. Het vuil, de menigten, de stank van de mensheid. Als hij zich niet in een extatische schemerwereld bevond, was hij steevast diepongelukkig. Zijn zintuigen waren overprikkeld na zo lange tijd in mensensteden te hebben geleefd. Hier was het beter. Hier kon hij ademen zonder gif in zijn system te krijgen, kon hij leven ruiken in plaats van chemicaliën. Over een paar jaar zou alles anders zijn en dan zou hij het leven in een mensenstad wel weer een kans geven, maar nu niet.

Niet voordat ze hier volledig voet aan de grond hadden gekregen.

Dit was Zarons taak: hij was verantwoordelijk voor het stichten van nederzettingen. Hij had al tientallen jaren onderzoek gedaan naar de flora en fauna op aarde en toen de Raad zijn hulp vroeg bij de aankomende kolonisatie, had hij niet getwijfeld. Alles liever dan thuis zijn, waar alles hem herinnerde aan Larita.

Hier lagen geen herinneringen. Hoeveel overeenkomsten deze planeet ook had met Krina, het was hier vreemd en exotisch. Zeven miljard homo sapiens op aarde – een onbevattelijk aantal – en ze vermenigvuldigden zich op een krankzinnig tempo. Hun korte levensspanne en daaruit voortvloeiende gebrek aan langetermijnplanning hadden ertoe geleid dat ze de natuurlijke bronnen van de planeet in hoog tempo uitputten, zonder zich zorgen te maken over de toekomst. In sommige opzichten deden ze hem denken aan de *Schistocerca gregaria*, een sprinkhaansoort die hij een paar jaar geleden bestudeerd had.

Goed, mensen waren intelligenter dan insecten. Sommige individuen, zoals Einstein, hadden zelfs Krinar-achtige intelligentie. Dit verbaasde Zaron niet echt: hij had altijd vermoed dat dit de bedoeling was van het grote experiment van de Ouderen.

Terwijl hij door het oerwoud van Costa Rica liep, dacht hij na over zijn taak. Dit stukje van de planeet was veelbelovend. Het was niet moeilijk om zich voor te stellen dat hier eetbare planten van Krina zouden kunnen groeien. Hij had de bodem uitvoerig getest en hij had wel wat ideeën om hem nog beter geschikt te maken voor de gewassen van Krina.

Overal om hem heen was het bos overvloedig en intens groen. Het rook er naar bloeiende heliconia's en hij hoorde de ritselende bladeren en inheemse vogels. In de verte klonk de roep van een *Alouatta palliata*, een brulaap die hier voorkwam, en nog iets anders.

Zaron fronste en luisterde nog wat aandachtiger, maar het geluid bleef uit.

Nieuwsgierig liep hij in de richting waar het vandaan was gekomen. Zijn jagersinstinct stond op scherp. Heel even had het geluid hem doen denken aan de kreet van een vrouw.

Hij bewoog zich gemakkelijk door de dikke, dichte begroeiing van de jungle, en versnelde zijn pas nog wat om over een stroompje en een paar bosjes die in de weg stonden heen te springen. Hier, waar mensen hem niet konden zien, stond niets hem in de weg om zich te bewegen als een Krinar. Binnen een paar minuten was hij dichtbij genoeg om de geur op te pikken. Scherp en koperachtig. Hij watertandde en zijn pik roerde zich.

Het was bloed.

Mensenbloed.

Eenmaal op de plek waar het geluid en de geur vandaan kwamen stond Zaron abrupt stil en hij staarde naar wat hij voor zich zag.

Het was een bergrivier die snel stroomde omdat het recentelijk hevig had geregend. En op de grote, zwarte rotsen in het midden, onder een oude houten brug over de kloof, lag een lichaam.

Een lichaam van een mensenmeisje, in een onmogelijke houding.

De Krinar-gevangene is nu verkrijgbaar. Ga naar mijn website https://www.annazaires.com/book-series/ nederlands/ voor meer informatie en om je aan te melden voor mijn nieuwsbrief.

FRAGMENT UIT AANRAKING (DE KRINAR-KRONIEKEN: DEEL 1)

In de nabije toekomst hebben de Krinar het voor het zeggen op aarde. De Krinar komen uit een ander universum, zijn veel verder ontwikkeld dan wij en zijn een mysterie voor ons – en wij zijn aan hen overgeleverd.

De verlegen, onschuldige Mia Stalis leidt een serieus studentenleven in New York City. Net als de meeste mensen heeft zij nooit contact gehad met de Krinar. Maar op een dag in het park komt daar verandering in. Korum laat zijn oog op haar vallen en vanaf dat moment heeft ze te maken met een krachtige, gevaarlijk verleidelijke Krinar die haar wil bezitten en zich daar door niets of niemand van laat weerhouden.

Hoe ver zou jij gaan voor je vrijheid? Hoeveel zou jij opgeven om de mensheid te helpen? Welke keuze zou je maken als je begint te vallen voor je vijand?

———

Ademhalen, Mia, ademhalen. Ergens in haar achterhoofd bleef een rationeel stemmetje die woorden herhalen. In diezelfde vreemd opmerkzame hoek van haar brein viel haar op hoe symmetrisch zijn gezicht was en hoe strak zijn goudkleurige huid om zijn hoge jukbeenderen en hoekige kaaklijn zat. Ze had wel foto's en filmpjes gezien van K, maar die vielen in het niet bij wat ze nu zag. Op een kleine tien meter afstand was het wezen simpelweg adembenemend.

Ze bleef naar hem staren, nog steeds als versteend, en hij rechtte zijn rug en begon naar haar toe te lopen. Of eigenlijk was het meer sluipen, bedacht ze, want zijn bewegingen deden haar denken aan die van een katachtige die een gazelle wilde verslinden. Al die tijd hield hij met zijn blik de hare vast. Naarmate hij haar dichter naderde, zag ze de gele vlekjes in zijn lichtgouden ogen en zijn dikke, lange wimpers.

Ze keek geschokt en ongelovig toe terwijl hij naast haar ging zitten op het bankje, op nog geen halve meter afstand. Hij glimlachte zijn witte tanden bloot. Zijn hoektanden waren normaal, merkte ze op met een of ander nog functionerend deel van haar brein. Niet eens een klein beetje langer dan anders. Dat was een mythe die een tijdlang over hen de ronde deed, net als dat ze niet tegen zonlicht konden.

'Hoe heet je?' Hij stelde de vraag op een haast spinnende toon. Zijn stem klonk laag en prettig, zonder enig accent. Zijn neusvleugels gingen een klein stukje naar buiten alsof hij haar geur opsnoof.

'Eh…' Mia slikte nerveus. 'M-Mia.'

'Mia,' herhaalde hij langzaam, om haar naam te proeven. 'Mia hoe?'

'Mia Stalis.' O shit, waarom wilde hij haar naam weten? Waarom zat hij hier tegen haar te praten? Wat deed hij überhaupt in Central Park? Dit was niet bepaald om de hoek bij de K-Centers. *Ademhalen, Mia, ademhalen.*

'Relax, Mia Stalis.' Zijn glimlach werd breder en er verscheen een kuiltje in zijn linkerwang. Een kuiltje? K hadden kuiltjes? 'Heb je nooit eerder een van ons ontmoet?'

'Nee.' Mia besefte dat ze haar adem inhield en liet hem met een zucht los. Ze was trots dat haar stem niet zo bibberig klonk als ze zich voelde. Moest ze het vragen? Wilde ze het weten?

Ze raapte haar moed bij elkaar. 'Wat eh…' Nog een keer slikken. 'Wat wil je van me?'

'Praten, op dit moment.' De ooghoeken van zijn gouden ogen rimpelden een beetje, alsof hij op het punt stond naar haar te lachen.

Vreemd genoeg maakte dat haar zo boos dat ze geen angst meer voelde. Als er één ding was waar Mia een hekel aan had, dan was het uitgelachen worden. Gezien haar kleine, magere lijf en haar algemene gebrek aan sociale vaardigheden – het directe gevolg van een lastige puberteit waarin ze te maken had gekregen met een beugel die de nachtmerrie was van ieder meisje, pluizig haar én een bril – had ze meer dan genoeg ervaring als mikpunt van spot.

Ze hief haar kin omhoog. 'Goed dan, en hoe heet jij?'

'Korum.'

'Alleen Korum?'

'We doen niet echt aan achternamen zoals jullie. Mijn volledige naam is veel langer, maar als ik je die vertelde, zou je toch niet weten hoe je hem moest uitspreken.'

Hmm, interessant. Ze herinnerde zich dat ze iets dergelijks had gelezen in *The New York Times*. Tot nu toe leek zijn verhaal te kloppen. Haar benen waren bijna gestopt met trillen en haar ademhaling werd weer wat kalmer. Misschien, heel misschien, zou ze dit wel kunnen navertellen. Het praten met hem leek wel veilig, hoewel de manier waarop hij haar met die geelachtige ogen bleef aanstaren zonder te knipperen zenuwslopend was. Ze besloot hem aan de praat te houden.

'Wat doe je hier, Korum?'

'Zoals ik al zei: ik ben met jou aan het praten, Mia.' Hij klonk vermaakt.

Mia zuchtte gefrustreerd. 'Ik bedoel waarom je hier in Central Park bent; waarom je in New York City bent.'

Hij glimlachte weer en hield zijn hoofd een beetje schuin. 'Misschien wel in de hoop dat ik een mooi meisje met krullen zou ontmoeten.'

Oké, nu was het mooi geweest. Hij was haar

duidelijk aan het dollen. Nu ze weer een beetje helder kon nadenken, realiseerde ze zich dat ze midden in Central Park waren, waar ongeveer een triljoen mensen hen konden zien. Ze keek voorzichtig rond om te zien of haar vermoeden klopte. En inderdaad. Hoewel mensen logischerwijs afstand hielden van haar bankje en de buitenaardse man die erop had plaatsgenomen, waren er wat verderop een paar dapper genoeg om naar hen te kijken. Sommigen maakten zelfs voorzichtig opnames met hun smartwatchcamera. Als de K haar iets zou doen, zou het in no time op YouTube staan. Daar was hij zich ongetwijfeld ook van bewust. Restte nog de vraag of het hem iets kon schelen.

Maar goed, aangezien ze nooit een filmpje had gezien van een K die een studente aanvalt midden in Central Park, leek het haar dat ze relatief veilig was. Mia pakte voorzichtig haar laptop op en wilde hem terugstoppen in haar rugtas.

'Laat me je daarmee helpen, Mia…'

Voor ze met haar ogen kon knipperen, voelde ze hem de zware laptop overnemen uit haar plotseling krachteloze vingers. Hij raakte heel licht haar knokkels aan en een gevoel dat leek op een lichte elektrische schok schoot door Mia heen. Haar zenuwuiteinden tintelden ervan.

Hij pakte haar rugtas en stopte de laptop er behoedzaam in, in één soepele beweging. 'Zo, opgelost.'

O god, hij had haar aangeraakt. Misschien was haar theorie over de veiligheid van de openbare ruimte complete bullshit. Ze voelde haar ademhaling weer versnellen en haar hartslag was waarschijnlijk gevaarlijk hoog aan het worden.

'Ik moet nu gaan… Doei!'

Hoe ze het voor elkaar kreeg om die woorden eruit te persen zonder te hyperventileren, zou ze nooit begrijpen. Ze pakte het hengsel van de rugtas die hij zojuist had neergezet en sprong op – haar eerdere versteendheid was opgeheven.

'Doei, Mia. Tot later.' Zijn licht spottende stem klonk door de heldere lentelucht terwijl ze wegliep, zo haastig dat ze bijna rende.

———

Aanraking is nu verkrijgbaar. Ga naar mijn website https://www.annazaires.com/book-series/nederlands/ voor meer informatie en om je aan te melden voor mijn nieuwsbrief.

OVER DE AUTEUR

Anna Zaires is verslaafd aan boeken sinds ze op vijfjarige leeftijd van haar grootmoeder leerde lezen. Haar eerste korte verhaal schreef ze niet lang daarna. Sindsdien leeft ze gedeeltelijk in een fantasiewereld waarin alleen haar eigen verbeelding de grenzen bepaalt. Momenteel woont Anna in Florida. Ze is gelukkig getrouwd met Dima Zales (een auteur van science fiction- en fantasyboeken). Al hun boeken komen door nauwe samenwerking tot stand.

Voor meer informatie, zie www.annazaires.com/book-series/nederlands.